Para Roman, Nina y Maëlys.
Françoise

Para Noah, mi pequeño conejo.
Pascal

Francisco
se enfurece

Laurent, Françoise
    Francisco se enfurece / Françoise Laurent ; ilustrador Pascal Vilcollet. -- Editora Diana López de Mesa O. -- Bogotá : Panamericana Editorial, 2014.
    32 p. ; 25 cm.
    Título original: *La Colère d'Albert.*
    ISBN 978-958-30-4398-7
    1. Cuentos infantiles franceses 2. Ira - Cuentos infantiles 3. Amistad - Cuentos infantiles 4. Sentimientos - Cuentos infantiles I. Vilcollet, Pascal, il. II. López de Mesa O., Diana, ed. III. Tít.
    I843.91 cd 21 ed.
    A1435100

    CEP-Banco de la República-Biblioteca Luis Ángel Arango

Primera reimpresión, octubre de 2018
Primera edición en Panamericana Editorial Ltda., marzo de 2014
Título original: *La Colère d'Albert*
ISBN del libro original: 978-2-35263-0685
© 2012 Les Editions du Ricochet
© 2012 Françoise Laurent
© 2014 Panamericana Editorial Ltda.
Calle 12 No. 34-30, Tel.: (57 1) 3649000
www.panamericanaeditorial.com
Tienda virtual: www.panamericana.com.co
Bogotá D. C., Colombia

Editor
Panamericana Editorial Ltda.
Traducción del francés
Diana López de Mesa O.
Ilustraciones
Pascal Vilcollet
Diagramación
La Piragua Editores

ISBN 978-958-30-4398-7

Prohibida su reproducción total o parcial
por cualquier medio sin permiso del Editor.

Impreso por Panamericana Formas e Impresos S. A.
Calle 65 No. 95-28, Tels.: (57 1) 4302110 - 4300355
Fax: (57 1) 2763008
Bogotá D. C., Colombia
Quien solo actúa como impresor.
Impreso en Colombia - *Printed in Colombia*

Textos
Françoise Laurent

Ilustraciones
Pascal Vilcollet

Francisco se enfurece

Colombia • México • Perú

Todo dulzura, todo ternura, todo gentileza,
Francisco adora a Nenúfar, su pequeña hermana.
Ella también es dulce, tierna y gentil.
Cuando ella llora, Francisco la consuela.
Cuando ella tiene miedo, Francisco la protege.

—¿Me das un besito, Fran?
Nenúfar le dice a Francisco, de cariño, Fran.
¡Fran es tan tierno, tan dulce, tan gentil!

Pero en el colegio...

—¡Oye, Fran, pareces un copo de nieve!
—¡Oye, Fran, siempre serás un chiquitín!
—¡Oye, Fran, ¿te haces pipí en la cama?!

¡Francisco detesta que ellos lo llamen Fran!

—Oye, Fran, ¿juegas fútbol con nosotros?

Francisco no responde. ¡Bang!
El balón lo golpea en la cabeza.
Miles de estrellas giran y titilan a su alrededor, titilan, titilan y titilan cada vez con más fuerza.

Y de repente,
Francisco crece, crece, crece...
¡Crece tanto que sobrepasa el techo del colegio!
Asombrados, sus amigos miran sin comprender.

Pero eso no es todo.

Entonces sus colmillos se vuelven largos, más, más y
más largos...
y se convierten en dos impresionantes colmillos afilados,
¡que brillan al sol!

Preocupados, sus amigos se agrupan en un rincón de la cancha.

Pero eso no es todo.

En las puntas de las patas blancas de Francisco surgen garras afiladas como cuchillas
muy, muy, muy puntiagudas...
Presas del pánico, sus compañeros corren a esconderse detrás de un árbol.

Pero eso no es todo.

En la espalda de Francisco,
el pelaje suave y blanco
se convierte en una melena hirsuta y grisácea,
¡como una cresta erizada!

Aterrorizados sus amigos cierran sus ojos.

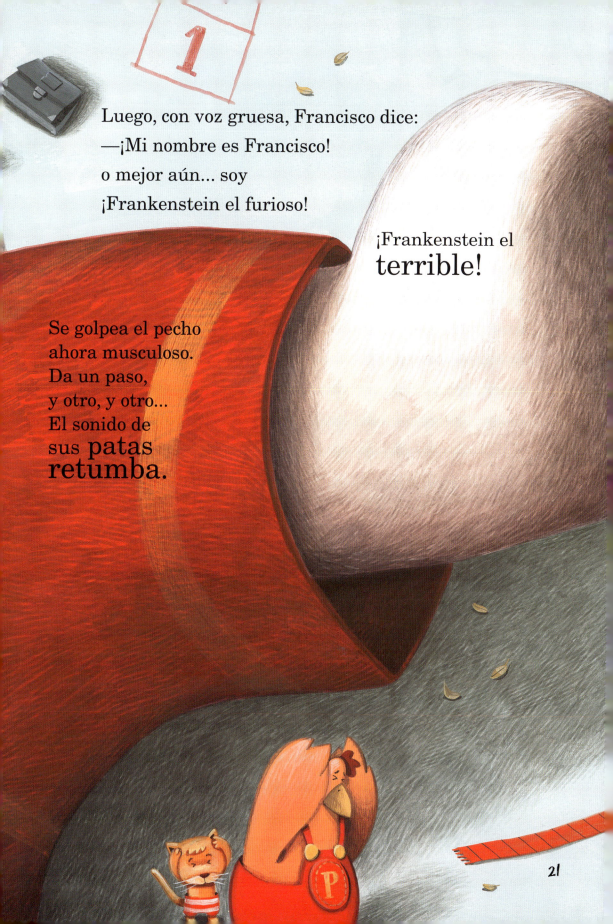

Luego, con voz gruesa, Francisco dice:
—¡Mi nombre es Francisco!
o mejor aún... soy
¡Frankenstein el furioso!

¡Frankenstein el **terrible**!

Se golpea el pecho
ahora musculoso.
Da un paso,
y otro, y otro...
El sonido de
sus **patas**
retumba.

Todo está inmóvil.
Ni siquiera las hojas de los árboles
se atreven a caer.
Todo el mundo está a la expectativa,
temblando ante Frankenstein.

—¿Me das un beso, Fran?
¡Nenúfar acaba de llegar!
¡Parece una hormiga microscópica
al lado de Frankenstein el terrible!

—¿Me das un beso, Fran?
—repite con su suave voz,
mientras toca el enorme pie de...

¿Frankenstein?
¿Francisco?
¿Fran?

—¡Claro que sí, Nenúfar!

Un poco inseguros, los amigos se acercan de puntillas.

Fran el pequeño, Frankenstein el terrible...

Fran el gentil, Frankenstein el maligno...

Fran el tierno, Frankenstein el destructor...

Finalmente, ¡es a Francisco a quien prefieren!

—¿Quieres jugar con nosotros Francisco?